ROBERT MUSIL

DER MANN OHNE EIGENSCHAFTEN

Gelesen von Wolfram Berger

Zweitausendeins

Was ist eine MP3-CD? In nach MP3-Standard kodierten Audiodateien sind vom Computer bestimmte Bestandteile des Audiosignals »weggerechnet« worden, die das menschliche Ohr nicht hören kann. Da die Dateien dadurch wesentlich kürzer werden, paßt auf eine MP3-CD ein Vielfaches dessen, was auf einer herkömmlichen Audio-CD unterzubringen ist. Wenn die MP3-Kompression fachkundig gemacht wird, ist beim Hören kein Unterschied zu merken.

Wie können Sie Ihre MP3-CD abspielen? Mit einem CD-Spieler oder Discman der jüngeren Generation, der MP3-CDs erkennt und lesen kann. Bevor Sie aber etwas Neues anschaffen, sehen Sie besser zu Hause noch mal nach: Sollten Sie in jüngster Zeit fürs TV einen DVD-Player gekauft haben, ist die Wahrscheinlichkeit groß, daß Sie damit auch MP3-CDs abspielen können. Eine weitere Möglichkeit ist der Computer. Sofern der Ihre ein CD-Laufwerk hat, können Sie MP3-CDs auch auf dem Rechner abspielen. Sollten Sie auf Ihrem PC oder Mac, Desk- oder Laptop keinen Mediaplayer oder vergleichbare Programme installiert haben, können Sie auf www.Zweitausendeins.de/mp3 ein für Ihren Rechner passendes Programm finden und herunterladen.

Um Wiederholungen oder den Wiedereinstieg nach Unterbrechungen zu erleichtern, haben wir etwa alle fünf Minuten einen Track gesetzt.

Diese zwei MP3-CDs entsprechen etwa 32 herkömmlichen Audio-CDs. Gesamtspieldauer: 35 Stunden und 40 Minuten.

CD 1

[17 Stunden, 47 Minuten]

Erster Teil.
Eine Art Einleitung

Vom Schreibtisch Musils ging der Blick aus dem Fenster auf das Palais Salm

Aus Kapitel 2

»Das war ein teilweise noch erhalten gebliebener Garten aus dem achtzehnten oder gar aus dem siebzehnten Jahrhundert, und wenn man an seinem schmiedeeisernen Gitter vorbeikam, so erblickte man zwischen Bäumen, auf sorgfältig geschorenem Rasen etwas wie ein kurzflügeliges Schlößchen, ein Jagd- und Liebesschlößchen vergangener Zeiten. ... Diese Wohnung und dieses Haus gehörten dem Mann ohne Eigenschaften.«

Zweiter Teil.
Seinesgleichen geschieht

Billardspieler in einem Wiener Kaffeehaus

Aus Kapitel 8

»In dem Alter, wo man noch alle Schneider- und Barbierangelegenheiten wichtig nimmt und gerne in den Spiegel blickt, stellt man sich oft auch einen Ort vor, wo man sein Leben zubringen möchte, oder wenigstens einen Ort, wo es Stil hat, zu verweilen, selbst wenn man fühlt, daß man für seine Person nicht gerade gern dort wäre.«

Man kann seiner eigenen Zeit nicht böse sein, ohne selbst Schaden zu nehmen

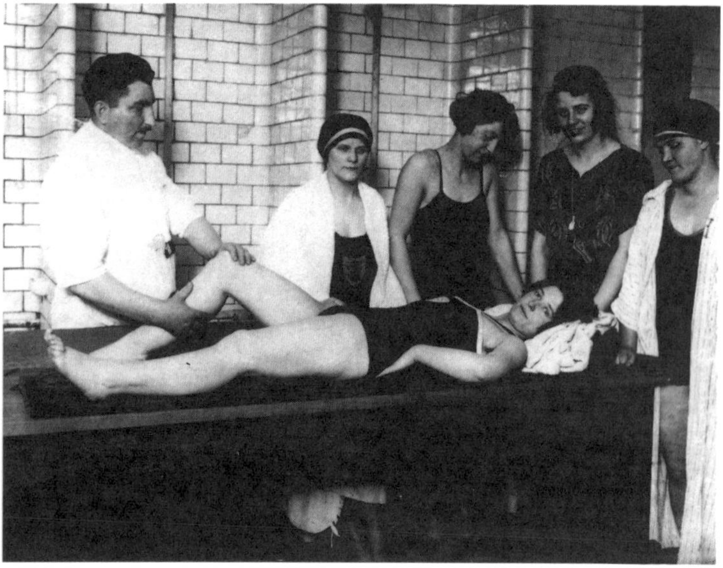

Aus Kapitel 16

»In dem gleichen Heft war eine Schwimmerin abgebildet, wie sie sich nach dem Wettkampf massieren ließ; zu Füßen und zu Häupten stand ihr je eine ernst zusehende Frauensperson in Straßenkleidung, während sie nackt auf einem Bett am Rücken lag, ein Knie in einer Stellung der Hingabe hochgezogen, und der Masseur daneben hatte die Hände darauf ruhen, trug einen Ärztekittel und blickte aus der Aufnahme heraus, als wäre dieses Frauenfleisch enthäutet und hinge auf einem Haken. Solche Dinge begann man damals zu sehen, und irgendwie muß man sie anerkennen, so wie man die Hochbauten anerkennt und die Elektrizität. ›Man kann seiner eigenen Zeit nicht böse sein, ohne selbst Schaden zu nehmen‹, fühlte Ulrich. Er war auch jederzeit bereit, alle diese Gestaltungen des Lebendigen zu lieben.«

KRONENZEITUNG VOM 17. AUGUST 1910:
DER FALL DES ZIMMERMANNS CHRISTIAN VOIGT

Ein Exemplar 4 Heller.
XI. Jahrgang Nr. 3817.

Illustrierte Kronen Zeitung

Monatlich [illegible] Krone mit Zustellung ins Haus.

Administration: IX/1, Pramergasse 28, Tel. 15744.
Stadtbureau: I., Schulerstraße 11. Teleph. 7927.

Wien, Mittwoch, den 17. August 1910.
Redaktion: Wien, IX/1, Pramergasse 28.
Int.-ext. Tel. 13808. Lokal-Tel. 14330. Manuskripte werden nicht zurückgestellt.

Monats-Abonnement: für die Provinz (mit täglicher Postversendung) 1 Krone 60 Heller.

Die Ermordete.

Der unter Mordverdacht verhaftete Christian Voigt.

Der Schauplatz der Tat.

Der Lustmord in der Binderau. Die Ermordete agnosziert.

Aus Kapitel 18

»Moosbrugger war ein Zimmermann, ein großer, breitschultriger Mensch ohne überflüssiges Fett, mit einem Kopfhaar wie braunes Lammsfell und gutmütig starken Pranken. … Hinter der Planke, längs der jetzt der Weg führte, lag ein Sportplatz; da war man ganz ungesehen, und er bog ein. In dem engen Kassenhäuschen legte er sich nieder und drängte den Kopf in die Ecke, wo es am dunkelsten war; das weiche, verfluchte zweite Ich legte sich neben ihn.«

CD 2

[17 Stunden, 53 Minuten]

CD 2 TRACK	
1–2	79. Soliman liebt
3–5	80. Man lernt General Stumm kennen, der überraschend auf dem Konzil erscheint
6–7	81. Graf Leinsdorf äußert sich über Realpolitik. Ulrich gründet Vereine
8–9	82. Clarisse verlangt ein Ulrich-Jahr
10–12	83. Seinesgleichen geschieht oder warum erfindet man nicht Geschichte?
13–15	84. Behauptung, daß auch das gewöhnliche Leben von utopischer Natur ist
16–21	85. General Stumms Bemühung, Ordnung in den Zivilverstand zu bringen
22–28	86. Der Königskaufmann und die Interessenfusion Seele-Geschäft. Auch: Alle Wege zum Geist gehen von der Seele aus, aber keiner führt zurück
29–30	87. Moosbrugger tanzt
31–32	88. Die Verbindung mit großen Dingen
33–34	89. Man muß mit seiner Zeit gehn
35–36	90. Die Entthronung der Ideokratie
37–40	91. Spekulationen in Geist à la baisse und à la hausse
41	92. Aus den Lebensregeln reicher Leute
42	93. Dem Zivilverstand ist auch auf dem Weg der Körperkultur schwer beizukommen
43–44	94. Diotimas Nächte
45–46	95. Der Großschriftsteller, Rückansicht
47	96. Der Großschriftsteller, Vorderansicht
48–52	97. Clarissens geheimnisvolle Kräfte und Aufgaben
53–56	98. Aus einem Staat, der an einem Sprachfehler zugrundegegangen ist
57–59	99. Von der Halbklugheit und ihrer fruchtbaren anderen Hälfte; von der Ähnlichkeit zweier Zeitalter, von dem liebenswerten Wesen Tante Janes und dem Unfug, den man neue Zeit nennt

Irgendwie geht Ordnung in das Bedürfnis nach Totschlag über

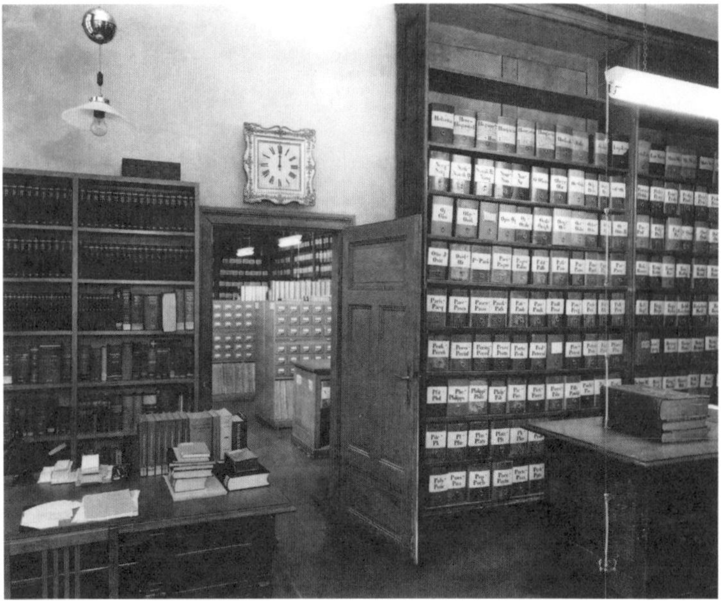

Aus Kapitel 100

»Nun habe ich sehen müssen, daß die einzigen Menschen, die eine wirklich verläßliche geistige Ordnung besitzen, die Bibliotheksdiener sind ... Im Anfang ist Ordnung so, wie wenn ein Rekrut mit den Beinen stottert und du bringst ihm das Gehen bei; dann so, wie wenn du im Traum außer der Tour zum Kriegsminister avancierst; aber jetzt stell dir bloß eine ganze, universale, eine Menschheitsordnung, mit einem Wort eine vollkommen zivilistische Ordnung vor: so behaupte ich, das ist der Kältetod, die Leichenstarre, eine Mondlandschaft, eine geometrische Epidemie! ... Ich kann nicht ausdrücken warum. Irgendwie geht Ordnung in das Bedürfnis nach Totschlag über.«

Grosse Ideen sind nur noch dazu gut, einander am Missbrauchtwerden zu hindern

Aus Kapitel 114

»›Ich bin Deutscher. In der ganzen Welt ist heute alles laut und plump; aber in Deutschland ist es noch lauter. In allen Ländern plagen sich die Menschen von früh bis spät, ob sie nun arbeiten oder sich vergnügen; aber bei uns stehen sie noch früher auf und gehen noch später zu Bett. In aller Welt hat der Geist des Rechnens und der Gewalt den Zusammenhang mit der Seele verloren; aber wir in Deutschland haben die meisten Kaufleute und das stärkste Militär.‹ Er blickte entzückt rund um den Platz. ›In Österreich ist alles das noch nicht so entwickelt. Hier gibt es noch Vergangenheit, und die Menschen haben sich etwas von der ursprünglichen Intuition bewahrt. Wenn sie überhaupt noch möglich ist, so könnte nur von hier die Erlösung des deutschen Wesens vom Rationalismus ausgehen. Aber ich fürchte‹, fügte er seufzend hinzu, ›es wird schwerlich gelingen. Eine große Idee findet heute zu viel Widerstände; große Ideen sind nur noch dazu gut, einander am Mißbrauchtwerden zu hindern, wir leben sozusagen im Zustand eines mit Ideen bewaffneten Moralfriedens.‹«

Ulrich M. – ein Mann ohne Eigenschaften
Oder die Hand, die eine Hand zeichnet, die sie zeichnet

> Es gibt Menschen, die immer nur wissen werden, was sein könnte, während die andren wie Detektive wissen, was ist. Die etwas Bewegliches bergen, wo die andren fest sind. Eine Ahnung von anders sein können. Ein richtungsloses Gefühl ohne Neigung und Abneigung zwischen den Erhebungen und Gewohnheiten der Welt. Ein Heimweh, aber ohne Heimat.
> Robert Musil, 1924 (unveröffentlicht)

»Der Mann ohne Eigenschaften, das sind doch Sie selbst!?« sagte der Wiener Buchhändler Martin Flinker zu einem Kunden, der ihn seit Herbst 1933 öfter inmitten seiner Bücher aufgesucht hatte. »Etwas breit und sehr gemessen und ruhig. Von sehr gepflegtem, aber leicht altmodischem Äußeren. Und am Gilet hing … eine Uhrkette, die in einseitigem, steilem Bogen von der Westentasche zu einem hochgelegenen Knopf führte, wie sie Ingenieure tragen.« So der Eindruck prima vista. »Erst schaute er mich ruhig und prüfend an und ich wußte nicht recht, wen ich vor mir hatte. Sah er aus wie ein Arzt, ein Kaufmann, ein Maler oder ein Diplomat oder wie ein Industrieller? Ich schaute fragend zurück, und da sagte er nur kurz: ›Musil‹. Denn er war selbstbewußt und wußte, was mir dieser Name bedeuten mußte.«

Im Wien der dreißiger Jahre war die enge Verwandtschaft von Autor und Held des »Mannes ohne Eigenschaften« für alle, die beide kannten, kein Geheimnis. Das begann schon bei der Abfolge der Berufe, die beide absolvierten: Offizier, Ingenieur, Mathematiker. Musil selbst hatte von 1892 bis 1897 Kadettenanstalten in Eisenstadt und Mährisch-Weißkirchen, dann kurze Zeit die Technische Militärakademie in Wien besucht, ehe er von 1898 bis 1901 ein Studium des Maschinenbaus hinter sich brachte, sein Einjährigen-Freiwilligen-Jahr beim Militär absolvierte, bis er dann 1903/1908 an der Universität Berlin inskribiert war, als Hörer der Philosophie und Experimentalpsychologie, mit den Nebenfächern Mathematik und Physik.

Daß Romanhelden häufig Fleisch vom Fleisch ihrer Autoren sind, ist seit Grimmelshausens »Simplizissismus«, Goethes »Werther«, Kellers »Grünem Heinrich«, seit den Romanen Kafkas, Thomas Manns und Hermanns Brochs, seit Benns Rönne-Novellen ein offenes Geheimnis. In Musils Fall kann man sogar – von der etymologischen Bedeutung des Vornamens Ulrich, Herr des Hauses, einmal abgesehen – vermuten, dieser Rufname der poetischen Figur sei aus dem bürgerlichen Nachnamen des Autors herausgelöst. Wenn Musil seinen für manche etwas schwierigen tschechischen Familiennamen buchstabieren mußte, dann wurde das u durch »Ulrich« gegen Hör- und Schreibfehler abgesichert. Daß in dem ohnehin hochsymbolischen slawischen Wort mit der Bedeutung »er mußte« auch noch ein höchst brauchbarer Name für seinen Protagonisten steckte, mag ein Fund gewesen sein, den Musil nur zu gerne aufgegriffen hat.

Die Augenzeugen aus den 30er und frühen 40er Jahren des vorigen Jahrhunderts bezeugen übereinstimmend, Musil sei von einer ungewöhnlichen Aura umgeben gewesen. »Selten bin ich einem Menschen begegnet, dessen Bedeutung man derart spürte, noch bevor sie sich irgendwie im Gespräch bekundete«, schrieb der Zürcher Pfarrer Robert Lejeune über den Emigranten. »Sooft Robert Musil bei uns war, bildete er ungesucht den Mittelpunkt des kleineren oder größeren Kreises von Menschen, die sich bei uns eingefunden hatten. … Etwas von echter Vornehmheit trat einem in Musil entgegen: wie sich in früheren Zeiten wahre Noblesse schon auf Grund von Herkunft und Rang zu äußern vermochte, so machte sich hier die Vornehmheit des ›Geistesfürsten‹ … ganz von selbst geltend. … Auch Musils hohe Intelligenz wurde einem sofort bewußt.« Welchen Beruf er ausübte, mußte man dazu nicht wissen.

»Er ist ein Mann ohne Eigenschaften«, platzt Ulrichs Jugendfreund Walter in einem Gespräch mit seiner Frau Clarisse plötzlich los. »›Das gibt es heute in Millionen‹ behauptete Walter. ›Das ist der Menschenschlag, den die Gegenwart hervorgebracht hat! … Sieh ihn dir an! Wofür würdest du ihn halten? Sieht er aus wie ein Arzt, wie ein Kaufmann, ein Maler oder ein Diplomat … sieht er vielleicht wie ein Mathematiker aus?!‹ ›Das weiß ich nicht; ich weiß doch nicht, wie ein Mathematiker aussehen soll!‹ ›Da sagst du etwas, das sehr richtig ist! Ein Mathematiker sieht nach gar nichts aus; das heißt, er wird so allgemein intelligent aussehen, daß es keinen einzigen bestimmten

Inhalt hat! ... Du kannst keinen Beruf aus seiner Erscheinung erraten, und doch sieht er auch nicht wie ein Mann aus, der keinen Beruf hat. Und nun überleg dir einmal, wie er ist: Er weiß immer, was er zu tun hat; er kann einer Frau in die Augen schaun; er kann in jedem Augenblick tüchtig über alles nachdenken; er kann boxen. Er ist begabt, willenskräftig, vorurteilslos, mutig, ausdauernd, draufgängerisch, besonnen – ich will das gar nicht im einzelnen prüfen, er mag alle diese Eigenschaften haben: denn er hat sie doch nicht! Sie haben das aus ihm gemacht, was er ist, und seinen Weg bestimmt, und sie gehören doch nicht zu ihm. Wenn er zornig ist, lacht etwas in ihm. Wenn er traurig ist, bereitet er etwas vor. Wenn er von etwas gerührt wird, lehnt er es ab. Jede schlechte Handlung wird ihm in irgendeiner Beziehung gut erscheinen. Immer wird für ihn erst ein möglicher Zusammenhang entscheiden, wofür er eine Sache hält. Nichts ist für ihn fest. Alles ist verwandlungsfähig, Teil in einem Ganzen, in unzähligen Ganzen, die vermutlich zu einem Überganzen gehören, das er aber nicht im geringsten kennt.‹«

Ein hochkomplexer Charakter, dieser Mann ohne Eigenschaften, voller Ambivalenzen und Gespaltenheiten, ein Mann mit vielen positiven Qualitäten, aber nicht mit sich identisch, ohne Identifikation mit seinen Dispositionen und Verhaltensweisen. Kein Zweifel, daß in dieser Form moderner ›Nervosität‹, wie sie etwa auch Alfred Adler beschrieben hat, ein hohes Maß an Übereinstimmung mit Musils eigenem Charakter gegeben ist. Mag manches an seiner privaten Existenz nicht ganz so glänzend gewesen sein – er konnte nicht »in jedem Augenblick tüchtig über alles nachdenken« und schreiben; er hatte mitunter schwere Arbeitskrisen; er boxte, wohl wegen seiner etwas kurzen Arme, »ohne Inspiration« und spielte wahrscheinlich besser Tennis, war ein gewandterer Florettfechter denn Faustkämpfer –, der Typus jedenfalls war Autor und Held gemein.

In Notizen pro domo ließ Robert Musil denn auch keinen Zweifel an der Wesensverwandtschaft von produzierendem Subjekt und produziertem Sujet: »Ich bin der Mann o.[hne] E.[igenschaften,] man merkt es mir bloß nicht an. Ich habe alle guten konventionellen Gefühle, weiß mich natürlich auch zu benehmen, aber die innere Identifikation fehlt.«

Die Identifikation Ulrichs mit seinen Eigenschaften sollte sich in der Begegnung mit seiner »vergessenen Schwester« Agathe ereignen, mit einer Schwester, die für ihn zunächst in einer frühen, bald durch den Tod des Gatten beendeten Ehe verschollen war, sich dann in einer zweiten Verbindung der formenden Hand eines Pädagogen (Hagauer) anvertraut hatte. Erst durch das Wiedersehen mit Ulrich am Sarg des Vaters begriff Agathe jedoch, wie unerträglich ihr das Leben an der Seite jenes braven Mannes geworden war.

Der Komplex »Zwillingsschwester« war Musil um die Mitte der zwanziger Jahre so wichtig, daß er sogar den Titel seines Romans gebildet hätte. Die Entwürfe aus jener Zeit dokumentieren, daß die Schwester-Thematik damals, logischerweise, viel früher einsetzte, schon nach ca. 50 Schreibmaschinenseiten, und daß die Arbeit bis 1930 auf eine gewaltige Verschiebung und Aufschiebung (eine Verlängerung der Vorlust, um es mit Freud zu sagen?) hinauslief. Denn nun sollte das Treffen der Geschwister erst nach rund 1000 Druckseiten stattfinden.

Es gibt eine aufschlußreiche Erinnerung des Psychoanalytikers und späteren Kindertherapeuten Rene A. Spitz, aus der hervorgeht, wie eng das Romankonzept mit Musils eigener Lebensproblematik, mit dem »Kult« für seine frühverstorbene Schwester Elsa († 1876) und seiner Ehe mit Martha, einer geborenen Heimann, einer verwitweten Alexander, einer geschiedenen Marcovaldi, zusammenhing. Ende 1932 lebten sowohl Musil als auch Spitz in Berlin, und Musil war gerade im Begriff, die Fortsetzung seines Romans, die ersten 38 Kapitel des II. Bandes zu veröffentlichen. »Und mitten im Gespräch«, so Spitz, »stellte er mir die Frage: was ich denn wohl meine, womit der zweite Band anfangen würde. Keine leichte Frage ... Ich hatte an jenem Abend ihm meine Einwände ... gegen seine Darstellung des Helden im ersten Bande gesagt. Ich meinte, daß selbst ein Mann ohne Eigenschatten einen Anfang haben muß, aus welchem sich sein So-Sein versteht. Musil antwortete, daß er dies aus Gründen der Struktur des Romanes nicht habe darstellen wollen; daß jedoch im zweiten Bande manches darüber zu finden sein würde. ... Ich antwortete ihm, daß ich einen Menschen immer nur als ein Ganzes zu sehen vermag. Daß für mich als Psychoanalytiker gewisse Indizien, Obertöne in der Darstellung, mir einen ganz bestimmten Eindruck über die Persönlichkeit dieses Menschen nahegelegt hatten – Eindrücke freilich, die der Durchschnittsleser kaum erfaßt haben würde. Wir waren, nach einem Abendessen in einem nahen Restaurant, nunmehr schon auf der Straße, und als ich in weiteren Sätzen Musil darlegte, wie ich diese Persönlichkeit sähe, blieb er wie vom Donner gerührt stehen, und fuhr mich an: ›Wer hat Ihnen das gesagt?! Woher wissen Sie d a s ?‹ Sie wissen wahrscheinlich, daß Musil ein verletzlicher, verschlossener und mißtrauischer Mensch war. Er hatte den Verdacht gefaßt, daß irgend jemand eine Indiskretion begangen habe, und ich muß ihm im Einzelnen darstellen, ... was mir meine Ansicht aufgedrängt hatte. Musil war von den Gedankengängen, die ich ihm darlegte, sehr betroffen, und erklärte sich überzeugt, er gab mir Recht, er sagte mir sogar, daß genau das, was ich vorausgesagt hatte, in den ersten Kapiteln des zweiten Bandes sich abspielen würde. ... Aber meine Rekonstruktion der Jugend seines Helden und meine Voraussage, wie der zweite Band beginnen dürfte, und die dabei angewendete Methodik hatten ihn tief beeindruckt. Wir gingen noch eine Stunde und länger zwischen seiner und meiner Wohnung hin und her, diese Frage diskutierend, endeten bei einer Flasche Wein in meiner Wohnung, und er erzählte mir manches darüber, in welcher Beziehung das, was ihn in meinen Ideen beeindruckt hatte, zu seinem eigenen Erleben stünde.« Obwohl Spitz in manchem heiklen Punkt gegenüber dem toten Freund später die Diskretion wahrte, ließ er keinen Zweifel daran, daß mit der Schwester-Thematik eines von Musils wesentlichen Lebensproblemen berührt war, das bis in seine Ehe hineinreichte.

Es scheint, als habe bei Musil und seinen Helden, von den »Verwirrungen des Zöglings Törleß« an, eine massive Identitätsstörung vorgelegen. Ein solches Phänomen führt, wie Erik H. Erikson erläutert hat, oft zu hochsymbiotischen Geschwisterbeziehungen. Aufgrund eines frühen Identitätshungers neigten die Patienten dazu, sich an einen Bruder oder eine Schwester in einer Art anzuschließen, die an das Verhalten von Zwillingen erinnere, außer daß es hier sozusagen um jemanden gehe, der versuche, »einen Nicht-Zwilling als Zwilling zu behandeln«. Sie schienen sich der totalen Identifizierung mit einem Geschwister so zu unterziehen, als lieferten sie ihre eigene Identität der ihres Bruders oder ihrer Schwester aus, in der Hoffnung, »durch irgendeinen Akt der Verschmelzung eine größere und bessere zu erwerben«. Zeitweise hätten sie Erfolg, aber die Enttäuschung, die dem Zusammenbruch der künstlichen Zwillingsschaft folgen müsse, sei um so traumatischer. Vielleicht haben wir hier eine Erklärung oder zumindest Teilerklärung, weshalb Musil in der rund zwanzigjährigen Arbeit an seinem großen Roman nicht jenen Wendepunkt erreichte, an dem die Geschwisterliebe, nach dem Inzest in einer mittelmeerischen Landschaft, scheitern und in einen »Totalabsturz« übergehen sollte. Alle Linien sollten nach den ursprünglichen Plänen in den Ersten Weltkrieg münden, die private Katastrophe sollte mit der allgemeinen zusammenfallen. Obwohl aus der Mitte der zwanziger Jahre sehr eindrucksvolle, weit entwickelte Entwürfe über die sogenannte »Reise ins Paradies« vorlagen, sah sich Musil bis zu seinem Tod nicht imstande, jene Konzepte ins Reine zu schreiben und in den Gang der Handlung einzubauen. Er beließ es sozusagen bei Probehandlungen und sträubte sich, die Geschwister (wie das ganze alte Europa) scheitern zu lassen – so, als hätte er in verrücktem Aberglauben gefürchtet, das Desaster Ulrichs und Agathes auf der symbolischen Ebene könne auf das Verhältnis von Robert und Martha Musil übergreifen.

Wenn Musil behauptete, er liebe keine Romane, in denen der Held sein Geld verliere oder sonstwie vom Schicksal geschlagen werde – wie sollte er dann mit einem Roman zurandekommen, in dem das glänzende Europa von 1914 zugrundeging und die Lieblingsfiguren des Autors mit in den Abgrund gerissen würden!

Es gab bei Musil und in seinem Roman offenbar von vornherein zwei widerstreitende Tendenzen: Zum einen wollte er die Geschichte des letzten Vorkriegsjahres vom August 1913 bis August 1914 erzählen, den seltsamen Wettlauf der österreichischen und der deutschen Patrioten um die würdige Zelebration des 70jährigen bzw. 35jährigen Regierungsjubiläums der Kaiser Franz Joseph und Wilhelm II. im Jahre 1918, genannt »Die Parallelaktion«; zum anderen wollte er einen »aus der Vergangenheit entwickelten Gegenwartsroman« schreiben, der sich nicht in einer ironischen Reproduktion versunkener feudaler Verhältnisse erschöpfen sollte (was Musil Joseph Roths »Radetzkymarsch« vorwarf – »ein hübsch geschriebener Kasernenroman«!). »Gegenwartsroman« – das hieß für ihn auch, den Fortschritt der Wissenschaften einzubeziehen. Da Wissenschaft ein prinzipiell unabschließbarer Prozeß ist, hatte der szientifische Ehrgeiz Robert Musils eine Tendenz, die Haut der Erzählung fortwährend zu durchlöchern, und seine Wissenschaftler-Freunde aus den dreißiger Jahren, die ihn im Rahmen des Wiener Musil-Fonds nach Kräften unterstützten, reagierten auf Musils bohrende Fragen nach dem Fortschritt in ihren Fächern mit heimlichem Zweifel, ob solche Neugier nicht am Ende die Fertigstellung des Buchs verhindern werde. Eine prophetische Sorge!

»Menschen[,] welche Sinn für das Wirkliche haben, haben auch Eigenschaften, das ist das Ganze!« lautet eine weitere Notiz Musils. Solche Sätze zeigen, daß die Problematik der Eigenschaftslosigkeit auch eng mit der des Wirklichkeits- und des Möglichkeitssinns zusammenhing. Nicht umsonst ist das erste programmatische Kapitel, das als Nr. 4 gleich hinter dem Eingangsportal des Buches steht, der Polarität dieser beiden Sinne gewidmet. »Wenn es aber Wirklichkeitssinn gibt, und niemand wird bezweifeln, daß er seine Daseinsberechtigung hat, dann muß es auch etwas geben, das man Möglichkeitssinn nennen kann. Wer ihn besitzt, sagt beispielsweise nicht: Hier ist dies oder das geschehen, wird geschehen, muß geschehen; sondern er erfindet: Hier könnte, sollte oder müßte geschehn; und wenn man ihm von irgend etwas erklärt, daß es so sei, wie es sei, dann denkt er: Nun, es könnte wahrscheinlich auch anders sein. So ließe sich der Möglichkeitssinn geradezu als die Fähigkeit definieren, alles, was ebensogut sein könnte, zu denken und das, was ist, nicht wichtiger zu nehmen als das, was nicht ist. Man sieht, daß die Folgen solcher schöpferischen Anlage bemerkenswert sein können, und bedauerlicherweise lassen sie nicht selten das, was die Menschen bewundern, falsch erscheinen und das, was sie verbieten, als erlaubt oder wohl auch beides als gleichgültig. Solche Möglichkeitsmenschen leben, wie man sagt, in einem feineren Gespinst, in einem Gespinst von Dunst, Einbildung, Träumerei und Konjunktiven; Kindern, die diesen Hang haben, treibt man ihn nachdrücklich aus und nennt solche Menschen vor ihnen Phantasten, Träumer, Schwächlinge und Besserwisser oder Krittler ... Das Mögliche umfaßt jedoch nicht nur die Träume nervenschwacher Personen, sondern auch die noch nicht erwachten Absichten Gottes. Ein mögliches Erlebnis oder eine mögliche Wahrheit sind nicht gleich wirklichem Erlebnis und wirklicher Wahrheit weniger dem Werte des Wirklichseins, sondern sie haben, wenigstens nach Ansicht ihrer Anhänger, etwas sehr Göttliches in sich, ein Feuer, einen Flug, einen Bauwillen und bewußten Utopismus, der die Wirklichkeit nicht scheut, wohl aber als Aufgabe und Erfindung behandelt.«

Es wäre kurzsichtig anzunehmen, daß dieses Prinzip nicht auch Auswirkungen auf das Schreiben Musils gehabt hätte. Es durchherrschte seinen Alltag (»Warum sagen Sie ›natürlich‹? Es ist gar nicht natürlich, sondern es gäbe viele Alternativen!« pflegte er mitunter die Phrasen seiner Gesprächspartner zu monieren), und es prägte seinen Stil, in dem nicht von ungefähr der Konjunktiv eine besonders wichtige Rolle spielt. Nicht zuletzt ist es aber auch am fortwährenden Umbau des Romans beteiligt, von seinen Anfängen zu Beginn der zwanziger Jahre (»Der Spion«, »Der Erlöser«) bis zu seinem fragmentarischen Ende, jenem Kapitel »Atemzüge eines Sommertags«, an dem Musil in den letzten Wochen vor seinem Tod, im Genfer Exil, arbeitete. Die unzähligen, sich fortwährend ändernden Kapitelaufstellungen über den Fortgang des Romans, ja, die Weigerung, sich gegenüber den Lesern, die ab Dezember 1932 ein vollkommen unabgeschlossenes Buch in der Hand hatten, wie gegenüber einem potentiellen Verleger auf eine unumstößliche Folge von Kapiteln festzulegen, sind ein Symptom jenes Möglichkeitsdenkens und jener dauernden schöpferischen Ekstase, die Thomas, einer der »Schwärmer« am Schluß von Musils gleichnamigem Drama beschwört. Es gebe scheinbar gefühllose Verstandesmenschen, die in Wirklichkeit Träumer seien. »Sie wandern, sehn zu, was die Leute machen, die sich in der Welt zu Hause fühlen. Und tragen etwas in sich, das die nicht spüren. Ein Sinken in jedem Augenblick durch alles hindurch ins Bodenlose. Ohne unterzugehn. Der Schöpfungszustand.«

Alles Fixierte ist solchen »second makers under Jove«, diesen Handlangern und Konkurrenten Gottes in statu creationis, ein Graus. Die erstarrte Lava der Schrift soll immer wieder verflüssigt und mit dem Glutkern im Innern verschmolzen werden. Der Vulkan nimmt sozusagen die erkaltenden Massen wieder in sich zurück – um sie erneut auszuwerfen und so fort. Termine sind einer solchen Spezies von Produzenten etwas Widernatürliches – und für die Drucker sind die Autoren dieses Schlags ein Graus. Wenn man sich die über und über korrigierten Fahnen zu den geplanten Fortsetzungskapiteln des »Mannes ohne Eigenschaften« von 1938 betrachtet, dann versteht man Musils Satz gegenüber einem jungen Freund, der ihn inmitten dieser sozusagen rauchenden Bürstenabzüge brüten sah: »Ich bin nicht so einer! Ich bessere nicht aus, ich stoße um!« Und obwohl Musil mit seiner jüdischen Frau letztlich durch den Einmarsch Hitlers in Wien

(März 1938) aus Österreich vertrieben wurde – heimlich war er dem Führer dafür vielleicht sogar dankbar. Denn die eigene Flucht wie die seines damaligen Verlegers Gottfried Bermann-Fischer »erlaubte« ihm, die bereits gesetzten Druckfahnenkapitel erneut als Rohmaterial zu behandeln und sie in den Jahren des Exils um- und umzuarbeiten. Seine Bilanz, kurz bevor er über dem Manuskript starb, er sei nicht weitergekommen, aber tiefer!

Man kann sich die Verzweiflung Musils, der nicht gern, »wiewohl leidenschaftlich« schrieb, nur zu gut vorstellen, wenn er in Zürich oder Genf die Augen von seinen Papieren hob und feststellen mußte, daß sich die Welt immer weiter drehte und sich immer weiter von jenem Punkt entfernte, den er ansteuerte oder ansteuern wollte. Die Monarchien der Mittelmächte, einst, August 1914, in den I. Weltkrieg mehr oder minder hineingestolpert, waren mittlerweile durch Demokratien ersetzt und diese wiederum durch Nationalsozialismus und Austrofaschismus zerschlagen worden. Die Formen der Politik und der Gesellschaft wälzten sich unaufhaltsam um, das Zeitalter des Individualismus schien durch einen neuartigen Kollektivismus abgelöst, der II. Weltkrieg war durch Hitler kaltblütig und mit machiavellistischen Tricks (›Überfall‹ auf den Sender Gleiwitz) vom Zaune gebrochen worden. Musil tröstete sich mit dem Gedanken, seine Probleme seien so oft überholt worden, daß sie eine gewisse Beständigkeit erlangt hätten; aber die Integration der laufenden Ereignisse in seine historische Kulisse erwies sich als immer schwieriger. Angesichts schwindender Kräfte und schwindsüchtiger finanzieller Mittel erwog Musil Mitte Januar 1942, den »Mann ohne Eigenschaften« abzubrechen, »irgendwie abzuschließen« und an sein jähes Ende »ein Nachwort, Schlußwort, Ulrichs« zu setzen.

»Der gealterte Ulrich von heute, der den zweiten Krieg miterlebt und auf Grund dieser Erfahrungen seine Geschichte, und mein Buch, epilogisiert. ... Es ermöglicht auch, die Geschichte und ihren Wert für die gegenwärtige Wirklichkeit und Zukunft zu betrachten. Ins Lot zu rücken: die romantische oder gar Pirandellosche Ironie des: die Figur über den Autor. Die Geschichte der Personen, geschichtlich betrachtet.« Dies erinnert in der Tat an das berühmte Eschersche Bild von der Hand, die eine Hand zeichnet, die sie zeichnet, – ein circulus artificiosus, der als Text über den Entwurf freilich nicht hinauskam.

Schon während der Arbeit stellte Musil fest, die Geschichte seines Romans laufe darauf hinaus, daß die Geschichte, die darin erzählt werden sollte, nicht erzählt würde. Und einem Freund vertraute er an, er würde am liebsten mitten im Satz mit einem Komma aufhören. Dies gelang ihm nicht – er beendete das Kapitel »Atemzüge«, über dessen Korrekturblättern er starb, mit einem Punkt.

Karl Corino

»Fürchten Sie nicht bei der Struktur Ihres Romans das Essayistische?«

Der Mann war noch nicht auf der Welt, der zu seinen Gläubigen hätte sagen können: Stehlt, mordet, treibt Unzucht – unsere Lehre ist so stark, daß sie aus der Jauche eurer Sünden schäumend helle Bergwässer macht; aber in der Wissenschaft kommt es alle paar Jahre vor, daß etwas, das bis dahin als Fehler galt, plötzlich alle Anschauungen umkehrt oder daß ein unscheinbarer und verachteter Gedanke zum Herrscher über ein neues Gedankenreich wird, und solche Vorkommnisse sind dort nicht bloß Umstürze, sondern führen wie eine Himmelsleiter in die Höhe. Es geht in der Wissenschaft so stark und unbekümmert und herrlich zu wie in einem Märchen. Und Ulrich fühlte: die Menschen wissen das bloß nicht; sie haben keine Ahnung, wie man schon denken kann; wenn man sie neu denken lehren könnte, würden sie auch anders leben.

✦

Ein Unterschied: Nicht das Genie ist 100 Jahre seiner Zeit voraus, sondern der Durchschnittsmensch ist um 100 Jahre hinter ihr zurück.

✦

Der Mensch ist nicht komplett und kann es nicht sein. Gallertartig nimmt er alle Formen an, ohne das Gefühl der Zufälligkeit seiner Existenz zu verlieren. Auch ihn, wie alle Personen meines Romans, enthebt die Mobilisierung der Entscheidung. Daß Krieg wurde, werden mußte, ist die Summe all der widerstrebenden Strömungen und Einflüsse und Bewegungen, die ich zeige.

Und fürchten Sie nicht bei der Struktur Ihres Romans das Essayistische?

Ich fürchte es schon. Ebendarum habe ich es durch zwei Mittel bekämpft. Zuerst durch eine ironische Grundhaltung, wobei ich Wert darauf lege, daß mir Ironie nicht eine Geste der Überlegenheit ist, sondern eine Form des Kampfes. Zweitens habe ich meiner Meinung nach allem Essayistischen gegenüber ein Gegengewicht in der Herausarbeitung lebendiger Szenen, phantastischer Leidenschaftlichkeit.

Trotzdem Ihr Roman seinen Personen nur den Kopfsprung in die Mobilisierung als Ausweg läßt, glaube ich ihn nicht als pessimistisch ansprechen zu sollen?

Da haben Sie recht. Im Gegenteil. Ich mache mich darin über alle Abendlandsuntergänge und ihre Propheten lustig. Urträume der Menschheit werden in unseren Tagen verwirklicht. Daß sie bei der Verwirklichung nicht mehr ganz das Gesicht der Urträume bewahrt haben – ist das ein Malheur? Wir brauchen auch dafür eine neue Moral. Mit unserer alten kommen wir nicht aus. Mein Roman möchte Material zu einer solchen neuen Moral geben. Er ist Versuch einer Auflösung und Andeutung einer Synthese.

Wo ordnen Sie Ihren Roman in die zeitgenössische Epik ein?

Erlassen Sie mir die Antwort.

[Nach einer Pause:] Wo ich meinen Roman einordne? Ich möchte Beiträge zur geistigen Bewältigung der Welt geben. Auch durch den Roman. Ich wäre darum dem Publikum sehr dankbar, wenn es weniger meine ästhetischen Qualitäten beachten würde und mehr meinen Willen. Stil ist für mich exakte Herausarbeitung eines Gedankens. Ich meine den Gedanken, auch in der schönsten Form, die mir erreichbar ist.

✦

Die Aufreihung alles dessen, was in Raum und Zeit geschehen ist, auf einen Faden, eben jenen berühmten »Faden der Erzählung«, aus dem nun also auch der Lebensfaden besteht. Wohl dem, der sagen kann »als«, »ehe« und »nachdem«! Es mag ihm Schlechtes widerfahren sein, oder er mag sich in Schmerzen gewunden haben: sobald er imstande ist, die Ereignisse in der Reihenfolge ihres zeitlichen Ablaufes wiederzugeben, wird ihm so wohl, als schiene ihm die Sonne auf den Magen. Das ist es, was sich der Roman künstlich zunutze gemacht hat: der Wanderer mag bei strömenden Regen die Landstraße reiten oder bei zwanzig Grad Kälte mit den Füßen im Schnee knir-

Je besser der Kopf,
desto weniger ist dabei von ihm wahrzunehmen.

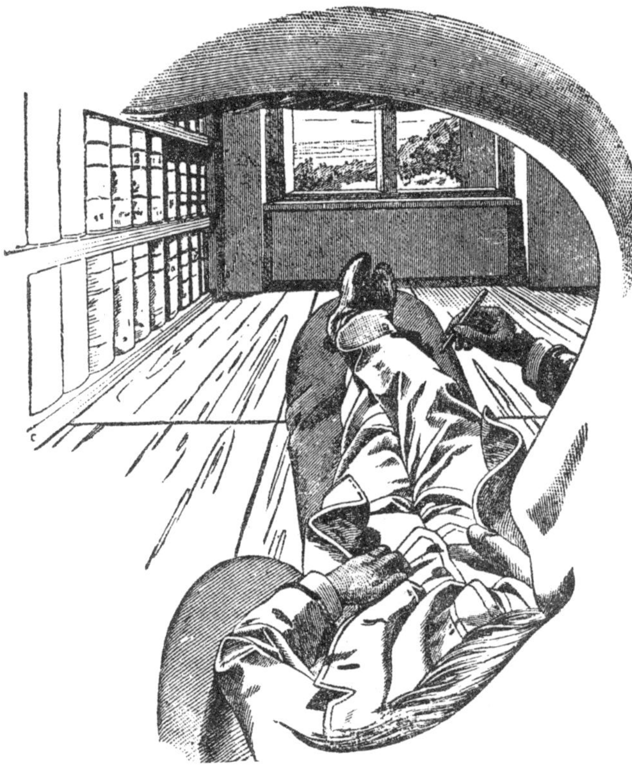

Die radikalisierte Zentralperspektive impliziert Kadrierung und Durchsicht. Diese Konsequenz hat als erster wohl Ernst Mach gezogen: Örtliche Räume können wir richtig, d. h. fluchtpunktorientiert, nur als Durchsicht durch die eigenen Augenöffnungen abbilden. Ein solches Ich, das in dieser Perspektive alles, was es sich selbst zurechnet, gleich äußerlich nimmt wie die von ihm beobachtete Welt, sitzt auf dem Schleudersitz – es saugt sich sozusagen selbst leer. Das mag Musil von Mach, über den er promoviert hat, gelernt haben. Im ironischem Selbstporträt des Experimentalphysikers mit Philosophenlehrstuhl ist das Beobachtungs-Ich gleichsam hinter dem Sucher einer einäugigen Kamera postiert: »Um dieses philosophische ›Viel Lärm um Nichts‹ [das Problem der Selbstwahrnehmung] scherzhaft zu illustrieren und zugleich zu zeigen, wie man wirklich die Selbstschauung ›Ich‹ ausführt, entwarf ich obige Zeichnung.« (Illustration aus Ernst Machs »Beiträge zur Analyse der Empfindungen«, 1886)

schen, dem Leser wird behaglich zumute, und das wäre schwer zu begreifen, wenn dieser ewige Kunstgriff der Epik, mit dem schon die Kinderfrauen ihre Kleinen beruhigen, diese bewährteste »perspektivische Verkürzung des Verstandes« nicht schon zum Leben selbst gehörte. Die meisten Menschen sind im Grundverhältnis zu sich selbst Erzähler. Sie lieben nicht die Lyrik, oder nur für Augenblicke, und wenn in den Faden des Lebens auch ein wenig »weil« und »damit« hineingeknüpft wird, so verabscheuen sie doch alle Besinnung, die darüber hinausgreift: sie lieben das ordentliche Nacheinander von Tatsachen, weil es einer Notwendigkeit gleichsieht, und fühlen sich durch den Eindruck, daß ihr Leben einen »Lauf« habe, irgendwie im Chaos geborgen. Und Ulrich bemerkte nun, daß ihm dieses primitive Epische abhanden gekommen sei, woran das private Leben noch festhält, obgleich öffentlich alles schon unerzählerisch geworden ist und nicht einem »Faden« mehr folgt, sondern sich in einer unendlich verwobenen Fläche ausbreitet.

✦

Es ist leider in der schönen Literatur nichts so schwer wiederzugeben wie ein denkender Mensch. Ein großer Entdecker hat, als man ihn einmal befragte, wie er es anstelle, daß ihm so viel Neues eingefallen sei, darauf geantwortet: indem ich unablässig daran dachte. Und in der Tat, man darf wohl sagen, daß sich die unerwarteten Einfälle durch nichts anderes einstellen, als daß man sie erwartet. Sie sind zu einem nicht kleinen Teil ein Erfolg des Charakters, beständiger Neigungen, ausdauernden Ehrgeizes und unablässiger Beschäftigung. Wie langweilig muß solche Beständigkeit sein! In anderer Hinsicht wieder vollzieht sich die Lösung einer geistigen Aufgabe nicht viel anders, wie wenn ein Hund, der einen Stock im Maul trägt, durch eine schmale Tür will; er dreht dann den Kopf solange links und rechts, bis der Stock hindurchrutscht, und ganz ähnlich tun wir's, bloß mit dem Unterschied, daß wir nicht ganz wahllos darauflos versuchen, sondern schon durch Erfahrung ungefähr wissen, wie man es zu machen hat. Und wenn ein kluger Kopf natürlich auch weit mehr Geschick und Erfahrung in den Drehungen hat als ein dummer, so kommt das Durchrutschen doch auch für ihn überraschend, es ist mit einemmal da, und man kann ganz deutlich ein leicht verdutztes Gefühl darüber in sich wahrnehmen, daß sich die Gedanken selbst gemacht haben, statt auf ihren Urheber zu warten. Dieses verdutzte Gefühl nennen viele Leute heutigentags Intuition, nachdem man es früher auch Inspiration genannt hat, und glauben etwas Überpersönliches darin sehen zu müssen; es ist aber nur etwas Unpersönliches, nämlich die Affinität und Zusammengehörigkeit der Sachen selbst, die in einem Kopf zusammentreffen.

Je besser der Kopf, desto weniger ist dabei von ihm wahrzunehmen. Darum ist das Denken, solange es nicht fertig ist, eigentlich ein ganz jämmerlicher Zustand, ähnlich einer Kolik sämtlicher Gehirnwindungen, und wenn es fertig ist, hat es schon nicht mehr die Form des Gedankens, in der man es erlebt, sondern bereits die des Gedachten, und das ist leider eine unpersönliche, denn der Gedanke ist dann nach außen gewandt und für die Mitteilung an die Welt hergerichtet. Man kann sozusagen, wenn ein Mensch denkt, nicht den Moment zwischen dem Persönlichen und dem Unpersönlichen erwischen, und darum ist offenbar das Denken eine solche Verlegenheit für die Schriftsteller, daß sie es gern vermeiden.

Montage von MARTIN WEINMANN. Mit Textstücken aus Robert Musil, *Tagebücher, Aphorismen, Essays und Reden*, Hamburg: Rowohlt 1955, S. 567, S. 787 f. (Auszug aus einem Interview von Oskar Maurus Fontana mit Robert Musil im Jahr 1926) und *Der Mann ohne Eigenschaften*, Hamburg: Rowohlt 1951, S. 40 f., 111 f., 649 f.

ROBERT MUSIL…

Am 6. November 1880 wird in Klagenfurt Robert Musil als einziger Sohn des Ingenieurs und späteren Professors für Maschinenkunde Alfred Musil und seiner Frau Hermine geboren. – *Mein Vater war sehr klar, meine Mutter war eigentümlich verwirrt. Wie verschlafenes Haar auf einem hübschen Gesicht.*

Zwölfjährig wird der Sohn in die Internats-Militär-Unterrealschule in Eisenstadt geschickt. Zwei Jahre lang lebt der junge Musil in der Kadettenanstalt; seine Verletzungen *in diesem A-Loch des Teufels,* wo aufgrund der vielen Suizide ein eigener Friedhof unterhalten wird, finden in seinem 1906 publizierten Debüt »Die Verwirrungen des Zöglings Törleß« ihren Niederschlag. – *Warum haben meine Eltern nicht protestiert? Heute noch unverständlich. Mensch!*

Nach der Schule pendelt Musil zwischen verschiedenen Möglichkeiten: Die militärische Laufbahn gibt er nach kurzer Zeit an der Technischen Militärakademie in Wien auf, studiert Maschinenbau in Brünn, beginnt zu schreiben und nimmt 1903 in Berlin ein Philosophie- und Psychologiestudium auf, das er 1908 mit einer Dissertation über »Beiträge zur Beurteilung der Lehren Machs« abschließt. Als sich in München und Graz Möglichkeiten ergeben, die akademische Laufbahn einzuschlagen, läßt er sie ungenutzt.

Im Jahre 1911 heiratet er die Malerin Martha Marcovaldi. Von 1911 bis 1914 arbeitet Musil in Wien als Bibliothekar – *Unerträglich, mörderisch ... ich werde wieder austreten und ins Ungewisse hineinsteuern* – und anschließend als Redakteur bei S. Fischers »Neuer Rundschau« in Berlin.

Ermutigt durch den Erfolg seines »Törleß«, widmet er sich neben dem Beruf dem Schreiben; Erzählungen, Stücke und Essays erscheinen. Seit 1919 arbeitet Musil an einem großen Romanprojekt, das langsam und unter wechselnden Titeln – »Der Spion«, »Der Erlöser«, »Die Zwillingsschwester« – wächst; den endgültigen findet er erst 1928. Er lautet: »Der Mann ohne Eigenschaften«.

Der Rowohlt-Verlag, dem ursprünglich nur 50 Manuskriptseiten vorlagen, überweist Musil regelmäßig Vorschußraten in Höhe von 250 Reichsmark, obwohl sich die Manuskriptabgabe immer wieder hinauszögert. – *Musil hatte, nachdem wir den Vertrag gemacht hatten, immer die Vorstellung, er müsse mir das ganze Manuskript persönlich vorlesen. Das war außerordentlich interessant. Er kam immer in Etappen nach Berlin, brachte einen riesigen Handkoffer mit, und in diesem Handkoffer lagen die Manuskripte. Leider fand er nie den Anschluß.*

1930 erscheint bei Rowohlt dann endlich der erste Band von »Der Mann ohne Eigenschaften«. Er besteht aus zwei Teilen, »Eine Art Einleitung« und »Seinesgleichen geschieht«. Auflage: 5000 Exemplare. Das Presseecho ist mit fast 200 Rezensionen überwältigend. – *Wenn ich die Kritik überblicke, sehe ich: Erstens die merkwürdige Erscheinung, daß man den Mann ohne Eigenschaften imstande ist, bis aufs Höchste zu loben, beinahe ohne daß dabei für den Dichter davon etwas abfällt. Man sagt z.B. Unter den europäischen Romanen der bedeutendste, oder: Kein zweiter deutscher Roman erreicht diese Höhe: daß ich aber danach zumindest unter den deutschen Dichtern bisher unterschätzt worden sei, davon spricht kein Mensch.*

Als Rowohlt seine Vorauszahlungen für die Fortsetzung des Romans einstellt, gewährt ihm auf Vorschlag Oskar Loerkes und Thomas Manns die Preußische Akademie der Künste – kurz vor der Gleichschaltung – eine Werkbeihilfe. 1933 Übersiedlung von Berlin nach Wien. Im selben Jahr erscheint auf stetes Drängen Ernst Rowohlts der zweite Band mit 38 Kapiteln. Die Aktualität verleiht dem Titel – »Ins Tausendjährige Reich. Die Verbrecher« – eine ungeahnte Stoßrichtung.

Musils neuer Verlag, der nach Wien ausgewichene Bermann-Fischer-Verlag, druckt 1938 das achte Tausend des ersten Bandes vom »Mann ohne Eigenschaften«. Bevor weitere 20 Kapitel wie vorgesehen zum Druck gehen, kommt es zum »Anschluß« Österreichs. Ein letzter Vorabdruck der Fortsetzung ist nur noch in der Zeitschrift »Maß und Wert« erschienen. Nachdem sein Werk in Deutschland und Österreich verboten wird, emigriert Musil in die Schweiz. Vergeblich versucht er in immer neuen Entwürfen und Fassungen den Inzest der beiden Hauptfiguren, Ulrich und Agathe, in seine Romanhandlung zu integrieren, der Roman bleibt Fragment. – *Oft habe ich den Eindruck, daß meine geistige Kraft nachläßt, aber eher ist es wahr, daß die Problemstellung über sie hinausgeht.*

Am 15. April 1942 stirbt Robert Musil an den Folgen eines Gehirnschlags in Genf. Acht Trauergäste versammeln sich zur Einäscherung; es gibt kein Grab, die Asche wird von seiner Frau zerstreut.

Martha Musil veröffentlicht 1943 aus dem Nachlaß die letzten Stücke des unvollendeten Romans im Selbstverlag. 1952 editiert Adolf Frisé den Roman bei Rowohlt in Hamburg. Nachdem ihm wiederholt editorische Eingriffe und Glättungen vorgeworfen worden waren, gibt Frisé 1978 eine revidierte Ausgabe heraus. Seit 1999 wird im Robert-Musil-Institut der Universität Klagenfurt eine kommentierte elektronische Edition der Sämtlichen Schriften vorbereitet, die die Grundlage für eine neue kritische Buchausgabe bilden soll.

Katharina Theml

… gelesen von WOLFRAM BERGER

»Ich möchte Ihnen gerne sagen, wie sehr ich mich über die Lesung von *Der Mann ohne Eigenschaften* freue. Nicht nur, weil es solch ein exquisites Vergnügen ist, Ihrem Vorleser Wolfram Berger zuzuhören. Vielmehr ist mir dadurch erst der Zugang zu Musils Roman eröffnet worden.« Das schreibt ein begeisterter Hörer der Literaturredaktion im Hessischen Rundfunk. Er berichtet, wie er beim ersten Versuch, den Roman selbst zu lesen, bei einer zehntägigen Überfahrt nach Amerika, wo nichts ihn störte, auf Seite 700 aufgegeben hat. »Hochintelligent, von feinstem Witz, aber monoton, monoton; lohnt nicht, weiterzulesen oder gar wiederzulesen, ist immer das gleiche Brillantfeuerwerk. Dieses Urteil ist unter dem Eindruck der ganz eigenartigen und vorzüglichen Lesung zerstoben. Der Text wirkt frisch und geradezu spannend, ich bin zum aufmerksamsten und entzücktesten seiner Zuhörer geworden.«

In einem anderen Brief heißt es:

»So oft es geht, lausche ich der Lesung von Musils ›Der Mann ohne Eigenschaften‹«. Oder: »Besser kann man die Feinheiten der Ironie Musils nicht rüberbringen.« Und dann: »Das ist wahrhaftig ein Jahrhundertprojekt zu nennen, nicht nur der von Musil geschriebene Roman, sondern eben auch das großartige Projekt seiner vollständigen Lesung. Sie sehen oder hören in mir einen begeisterten Zuhörer, der den HR für dieses Unternehmen uneingeschränkt und laut loben möchte.«

Selten ist die Hörerpost auf eine literarische Lesung des HR so euphorisch gestimmt und zahlreich gewesen wie bei unserem Musil-Projekt. »Ein audio-literarisches ›Großunterfangen‹«, wie uns die FAZ bestätigte, zu dem allerdings auch Geduld und Mut gehörte. Ein Koproduktionspartner mußte gesucht werden, der sich mit dem Rundfunk Berlin-Brandenburg einfand. Ein Jahr dauerte allein die Aufnahme. Und dann das Risiko: Würden die Hörerinnen und Hörer dranbleiben? Fast vier Monate lang, vom 5. Januar bis zum 26. April, sollte der »Mann ohne Eigenschaften« in 79 Folgen auf dem Programm von hr2 stehen. Wie könnte die Aufmerksamkeit wach gehalten werden? – Nur durch die Besetzung mit herausragenden Sprechkünstlern. Aber sollten es mehrere Schauspieler sein, die für Abwechslung sorgen oder nur ein einziger Sprecher?

Musil bietet in seinem Roman ein umfangreiches Personal auf. Ulrich, der die gedankliche Präzisionsarbeit liebt und boxen kann, aber keinen inneren Halt hat. Der mondäne Schriftsteller Arnheim. Die vergeistigte Nietzsche-Schwärmerin Clarisse, die verfressene Leona; die knochig-hysterische Gerda, die mannstolle Bonadea; die füllige und zugleich esoterische Salonlöwin Diotima, der Prostituiertenmörder Moosbrugger, der in einem Moment der Unzurechnungsfähigkeit und der Ekstase zugestochen hat. Aber erst der Erzähler hält die unendlich vielen, zum Teil verwirrenden Fäden des Werks zusammen. Er ist die stärkste Figur im Roman. Er ist als Person nicht spürbar, aber als Stimme überall präsent. Er stellt sich nicht vor, sagt nie ich. Er ist nicht allwissend wie gewöhnliche auktoriale Erzähler. Er kennt weder das Ende des Romans, das Musil im Gegensatz zu Marcel Proust auch nie geschrieben hat, noch die weitere Entwicklung von Ulrich.

Dieser Allein-Erzähler zeigt mit keiner Figur des Romans Mitgefühl, außer vielleicht noch mit Agathe, der Traum-Schwester Ulrichs. Er seziert sein Personal bei lebendigem Leibe. Er strebt Objektivität an. Er beobachtet die Personen von außen und von innen, kreist um sie und ist sich zugleich bewußt, daß er sie nicht erfassen kann. Sie entgleiten ihm, und er bestraft sie ausnahmslos mit seiner ironischen, zuweilen zynischen Distanz.

Wegen dieses einen, überall anwesenden ironischen Erzählers mußte die Lesung des Romans trotz der vielen Personen mit einer einzigen Stimme besetzt werden. Mit einer Stimme, die sich an die Figuren wie an die Gedanken herantastet, mit einer Stimme, die zögert und sich nicht allein vom Rhythmus der Sätze leiten läßt, sondern vom Essayismus des Romans, vom Möglichkeitssinn. Es mußte eine Stimme sein, die zaudern kann, die dieses Abwarten kennt, dieses »Asservieren« von Akten, das Beiseitelegen und Aufschieben einer Angelegenheit, das das Kakanien von Musil kennzeichnet. Es mußte eine Stimme sein, die viele Möglichkeiten in sich birgt, aber durch eine einzige Farbe geprägt bleibt, durch den österreichischen Klang.

Die schwierig zu treffende Wahl fiel auf Wolfram Berger. Der Grazer Schauspieler, der schon bei Claus Peymann auf der Bühne stand, im »Gehülfen«, dem Film nach Robert Walser, mitgespielt hat und auch in der legendären »Alpensaga« (Peter Turrini) aufgetreten ist, zeichnet sich nicht nur durch sein kakanisches Timbre als authentischer Musil-Mann aus. Er ist ein Mann mit vielen Eigenschaften, also keinen (festgelegten); er hat viele Gesichter und Stimmlagen. Er allein konnte die multiplen Anforderungen an den Erzähler im Mann ohne Eigenschaften souverän und brillant erfüllen. Wolfram Berger hat nämlich einen Sprechstil entwickelt, bei dem man – frei nach Kleist – die »langsame Verfertigung der Gedanken« beim Aussprechen hören und nachvollziehen kann. Bei der Aufnahme hielt man mit Wolfram Berger manchmal den Atem an, weil er an ungewöhnlichen Stellen Luft holte und gelegentlich eigenwillige Betonungen setzte, aber gerade dadurch komplexe Satzgefüge und gegenläufige Spannungsbögen, also genau den um sich selbst kreisenden Essayismus von Musil rettete. Musils Roman ist ein diffiziles, manchmal sogar sperriges Werk. Allein durch die Stimme von Berger und über den Umweg des Hörens hat Musils Lebenswerk, der moderne Klassiker par excellence der deutschsprachigen Literatur, einen neuen Zugang erhalten.

RUTHARD STÄBLEIN

ABBILDUNGEN: Robert Musil 1937, am Semmering. Musil-Archiv, Klagenfurt (Cover) – Frühling im Park des Palais Salm in Wien. Sammlung Corino (Seite 4) – Billardspieler in einem Wiener Kaffeehaus. Österreichische Nationalbibliothek, Wien (Seite 6) – Schwimmerin bei der Massage. Ullstein Bilderdienst (Seite 8) – Illustrierte Kronenzeitung vom 17. August 1910. Sammlung Corino (Seite 10) – Katalogsaal der Österreichischen Nationalbibliothek. Österreichische Nationalbibliothek, Wien (Seite 12) – Berlin 1913, Regierungsjubiläum Kaiser Wilhelms II. Sammlung Corino (Seite 14–15) – Ernst Mach. Selbstporträt, aus: Ernst Mach, Beiträge zur Analyse der Empfindungen und das Verhältnis des Physischen zum Psychischen, Jena: Gustav Fischer 1886 (Seite 28) – Robert Musil um 1910. Musil-Archiv, Klagenfurt (Seite 31) – Wolfram Berger. foto fodor (Seite 35).

Originalausgabe.
1. Auflage, April 2004.
2. Auflage, August 2004.
3. Auflage, Januar 2005.

Mit freundlicher Genehmigung des Rowohlt Verlages.
Der Lesung liegt die revidierte Frisé-Fassung zugrunde:
Robert Musil, Der Mann ohne Eigenschaften, herausgegeben von Adolf Frisé,
Copyright © 1978 by Rowohlt Verlag GmbH,
Reinbek bei Hamburg.

2 MP3-CDs.
Gesamtspieldauer: 35 h 40 min.
Regie: Hans Drawe.
Redaktion: Ruthard Stäblein.
Produktion: Hessischer Rundfunk, in Kooperation
mit dem Rundfunk Berlin Brandenburg. hr2 rbb
Postproduktion: Schleuse 15, Frankfurt am Main.
CD-Herstellung: Brickhouse Tonstudio A. Felsenstein, Laub.
Schubergestaltung: Sabine Kauf, Plön.

Begleitbuch
Herausgegeben von Martin Weinmann.
Lektorat: Katharina Theml & Martin Weinmann (Büro W, Wiesbaden).
Satz und Herstellung: Dieter Kohler GmbH, Nördlingen.
Lithographien: MDDigitale Produktion, Maintal.
Druck: Gutmann+Co GmbH, Talheim.
Einband: G. Lachenmaier, Reutlingen.
Printed in Germany.

ISBN 3-86150-652-1